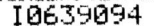
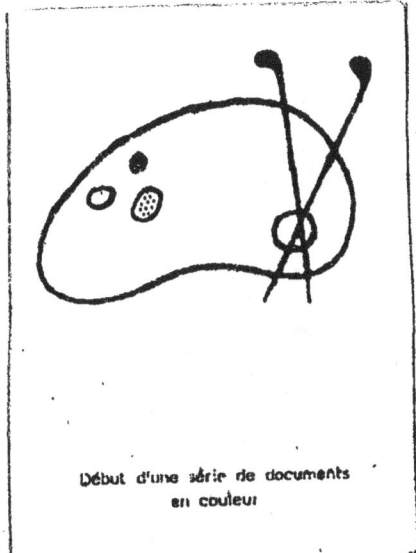

Début d'une série de documents
en couleur

COUVERTURES SUPERIEURE ET INFERIEURE D'IMPRIMEUR

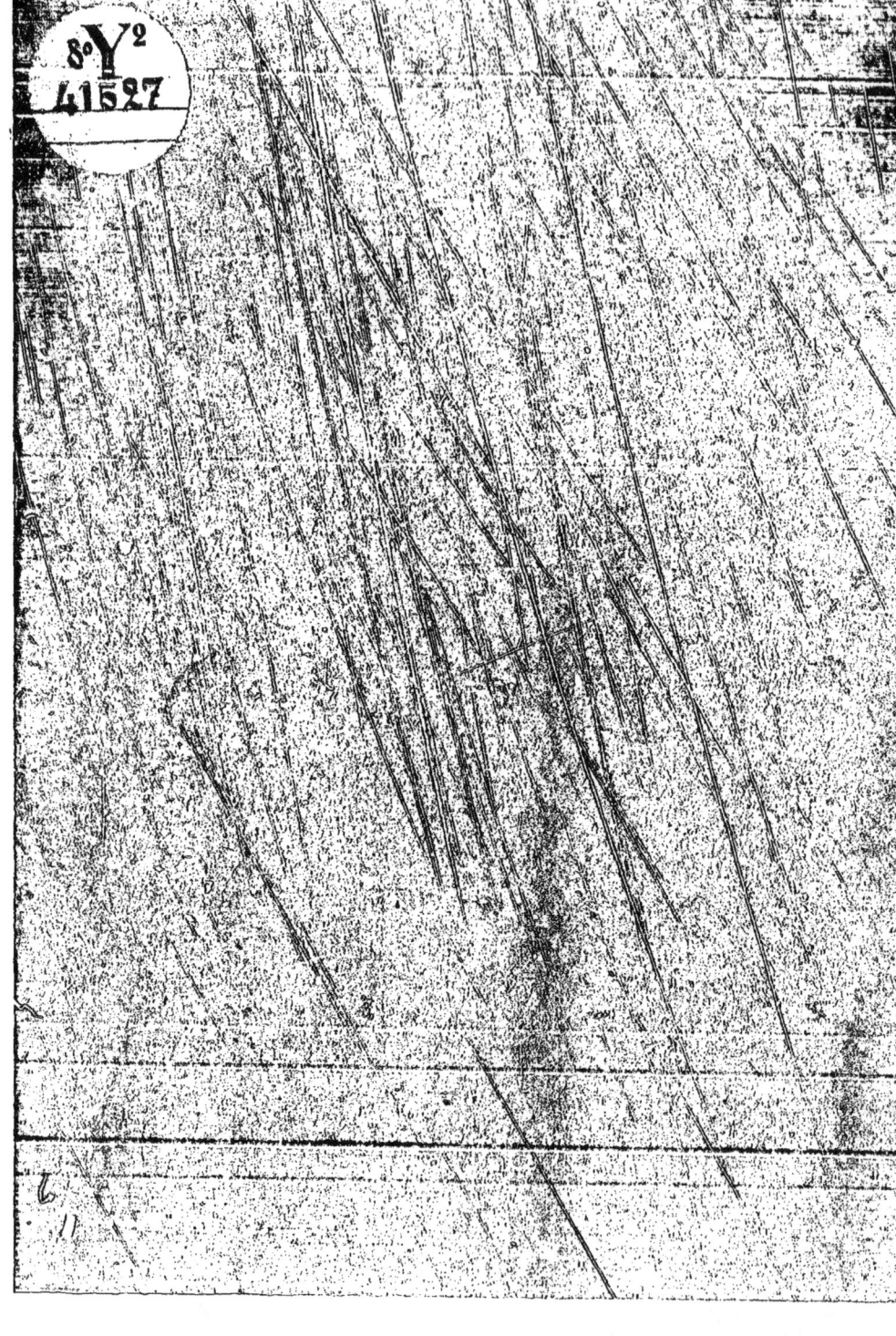

LIMOGES

EUGÈNE ARDANT ET Cᵉ, ÉDITEURS.

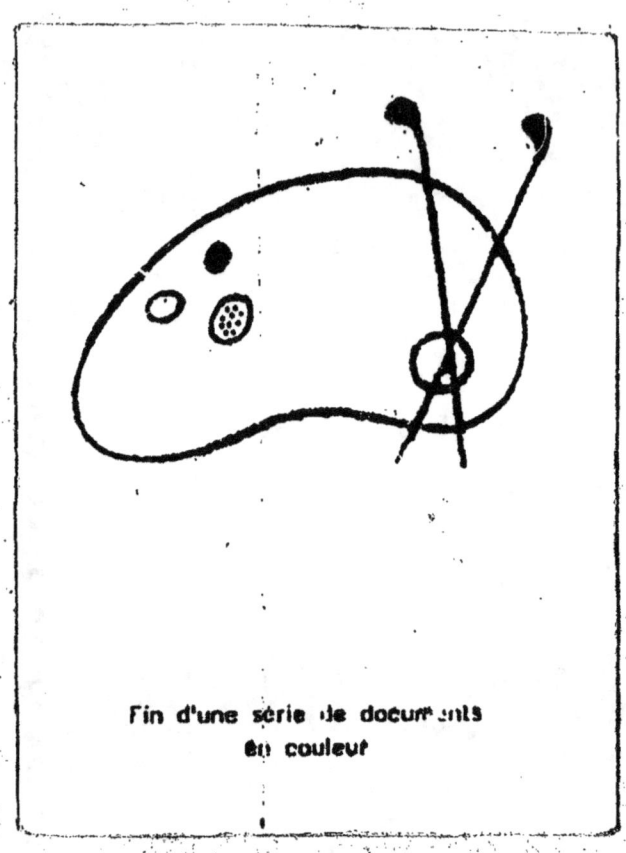

Fin d'une série de documents
en couleur

QUI DIT ANIMAL

NE DIT PAS BÊTE

4e SÉRIE PETIT IN-8°.

QUI DIT ANIMAL NE DIT PAS BÊTE. — Le Chien.

4º in-8.

QUI DIT ANIMAL

NE

DIT PAS BÊTE

PAR

E. DELAUNAY.

LIMOGES
EUGÈNE ARDANT ET Cie, ÉDITEURS.

QUI DIT ANIMAL

NE DIT PAS BÊTE

— Papa, pourquoi dit-on bête comme une oie? demandait la petite Lucie, en arrangeant sur une table les animaux de sa ferme modèle.

— Est-ce que tous les animaux ne sont pas des bêtes? interrompit monsieur son frère qui se croyait bien supérieur rien que par l'effet de cette brillante réponse.

— C'est ce qui te trompe, mon cher enfant, répondit papa en posant son journal; et, si tu avais quelques années de plus, je rougirais de t'entendre médire si ouvertement de nos meilleurs amis les bipèdes et les quadrupèdes.

— Oh ! nos amis ! reprit le petit garçon en riant.

— Oui, nos amis, répondit papa le plus sérieusement du monde.

— Mais, papa, je croyais que tu ne voulais pas que l'on donnât le nom d'amis à des gens qui n'en sont pas dignes. Comment alors le donnes-tu à des bêtes ?

— Par une raison bien simple, mon ami, c'est qu'elles en sont dignes. On n'en devient indigne que lorsqu'on cesse d'accomplir son devoir. Tant que l'animal accomplit le sien, tout est pour le mieux, et tu entendras journellement dire que le chien, le cheval et d'autres animaux sont les amis de l'homme.

— Comme on le dit du chien de mon oncle Courvite, auquel il ne manque que la parole, interrompit Lucie.

— S'il ne lui manquait que la parole ! reprit le frère en riant de nouveau, mais il lui manque bien autre chose, n'est-ce pas, père ?

— Et que penses-tu qu'il lui manque, cher enfant ?

— Mais... tout, papa.

— Quoi, tout, mon enfant? je ne te comprends pas.

— Eh bien, l'esprit, la raison...

— L'animal n'en est pas si dépourvu que tu le penses. Qu'est-ce qui le ferait agir autrement?

— Je croyais que c'était l'instinct, papa

— Et qu'est-ce que c'est que l'instinct, je te prie?

— Ah! je n'y ai jamais réfléchi, père! mais je pense que ce doit être ce quelque chose de naturel qui le pousse à manger quand il a faim ou à se garer du danger quand il en est menacé.

— C'est bien, mon enfant; ta réponse est très juste. Toute impression irraisonnée conduisant à un acte salutaire est de l'instinct. C'est par instinct que Bébé qui est si petit sait déjà prendre sa goutte tout seul, et que nous fermons les yeux devant un soleil trop ardent; mais les animaux comme les hommes ont plus que cela.

— Qu'est-ce qu'ils ont alors, papa?

— Justement ce dont tu les accusais de

manquer tout à l'heure : de l'esprit, de la mémoire, de la ruse, de l'intelligence, de la générosité, de la prévoyance, du courage ; mais surtout, crois-le bien, si surprenant que cela te paraisse, de la raison.

— De la raison ! répéta l'enfant tout surpris.

— Oui, mon fils, car l'instinct est indépendant de la volonté, tandis que la raison est un acte de la volonté.

— Je ne comprends pas bien, papa, dit Lucie qui avait abandonné son jeu et se nichait sur les genoux de son père, où elle était toujours la bienvenue.

— Je crois que je comprends, moi, dit Valery en réfléchissant. Tu veux dire que c'est la raison qui nous pousse à faire un acte que nous pourrions ne pas faire, tandis que l'instinct nous pousse à faire des actes sans lesquels nous mourrions, comme de respirer, de manger, de boire.

— Tout juste, mon fils ; en d'autres mots chez la bête comme chez l'homme, la raison peut arriver à dominer l'instinct. Si un chien ou un chat affamés, par exemple, entrent dans un endroit où se trouve de la nourriture, l'instinct leur commandera d'apaiser leur faim. Mais si le chat ou le chien ont été bien élevés, la raison réprimera l'instinct, et quelle que soit leur faim, ils ne se serviront pas, mais attendront qu'on les serve. Prenez au contraire un enfant mal élevé; il suivra son instinct qui le porte à manger ce qui lui plaît, avec la certitude d'attraper une indigestion.

— Ah! je comprends, dit Lucie, que le mot indigestion avait mise en éveil.

— Mais est-ce que tu appelles cela raison *chez l'animal comme chez l'homme ?* demanda le *petit garçon :*

— Oui, parce que, ne t'en déplaise, c'est bien là même chose chez l'homme et chez l'animal. Et si tu désires des preuves, en voici, mon enfant :

Il y a quelques années vivaient dans une petite ville un chien qui connaissait la valeur de l'argent. Lorsqu'on lui faisait cadeau d'un sou, Mob traversait tout courant la sale petite rue décorée du nom de grande Rue, entrait chez un pâtissier, lui présentait le sou et recevait en échange un biscuit. Or, il advint que le pâtissier, curieux de voir quelle mine ferait Mob s'il lui jouait quelque bon tour, saisit le sou et remit au chien un biscuit brûlé. Mob ne dit rien, que pouvait-il dire le pauvret? mais se trouvant bientôt après en possession d'une nouvelle pièce de monnaie, il se rend comme d'habitude chez le pâtissier, lui montre la pièce qu'il tient ferme entre ses dents, puis va tranquillement faire son emplette chez le voisin.

Mob, dès lors, n'a pas manqué de renouveler la leçon; sitôt qu'il reçoit un sou, Mob se dirige vers le pâtissier mauvais plaisant, lui fait voir le sou et court droit chez son rival.

Est-ce de l'instinct cela? et si ta petite sœur en faisait autant, ne serions nous pas tout fiers de sa précoce raison?

Un autre fait :

Un tout petit chien Maltais, original, plein de malice, avait la passion du jeu que voici : dès qu'on lui montrait une clef, vite le Larbet allait enfouir sa tête dans les coussins du canapé, tandis qu'on cachait la clef qu'il devait

chercher et trouver. Parfois le petit drôle tri-
chait, regardant du coin de l'œil ; il suffisait
alors de lui dire d'un ton de reproche. — Oh !
Pop ! — pour qui, tant honteux. Pop remit sa
tête derrière les coussins.

Encore un autre exemple :

Au bord d'une grande route, entre deux
ponts, se trouve un moulin. Le meunier à peine
levé détache d'ordinaire son chien, se dirige
vers l'écluse inférieure, puis, son affaire ter-
minée, monte à l'écluse supérieure, tandis
qu'Hector, son chien, qui attend ce moment
précis, sans qu'il y ait besoin de rien lui dire,
part pour le moulin d'où il rapporte, soigneu-
sement enveloppé dans une serviette, le déjeuner du meunier.

Un jour le torrent se trouvant gonflé par la
pluie, un petit chien s'aventure vers le bord et
tombe dans le courant qui l'emporte grand
train. Hector passait chargé du déjeuner de
son maître, il voit le pauvre caniche en détresse, pose sans hésiter son fardeau, descend
au galop le long de la rivière, arrivé plus bas
que le naufragé saute dans l'eau, ayant si exac-

tement calculé la rapidité du courant et la cé-
lérité de sa propre cause, qu'il arrive juste à
temps pour saisir le petit chien et le ramener
sain et sauf sur le bord. Quand il l'eut déposé
à terre, Hector le sauveur administra deux
bonnes tapes au sauvé. puis s'en fut reprendre
le déjeuner de son maître et poursuivit tranquillement son chemin.

Eh bien, que dis-tu de cela, Valery? com-
pare avec la fable du maître et de l'écolier que
tu apprenais dernièrement, et juge à qui l'on
devrait donner le prix.

— Au chien, papa; au moins, s'il fit une se-
monce, il ne la fit qu'après avoir sauvé le malheureux du danger.

— Papa, interrompt Lucie, n'y a-t-il que
les chiens qui fassent de ces choses si amu-
santes ?

— Non, mon enfant, et la preuve c'est que
ton frère ou toi n'avez qu'à me nommer l'animal dont vous voudrez que je vous cite un trait
de raison, de conscience, de mémoire, de générosité, ou tout autre vertu, et je le ferai.

— Vraiment, papa. Est-ce possible?

— Essayez plutôt :

— Oh! alors dis-nous l'histoire d'une oie, papa, s'écria la petite Lucie, qui se préoccupait beaucoup ce jour-là des oies.

— Volontiers.

Une oie s'éprit de tendresse pour son maître, magistrat d'un village. Cette étrange passion valut au malheureux le sobriquet de maître oison. Justement froissé, le maître résolut de mettre fin aux quolibets que lui valaient les préférences de son oie; il la fit emfermer dans sa basse-cour, et s'en crut débarrassé. L'amour qu'on dit aveugle, y voit fort clair; notre oie le prouva.

Le magistrat tenait un matin son audience en son tribunal, lorsque, tout à coup, il sent quelque chose de doux et chaud se frotter contre ses jambes. Il se baisse, regarde, et voit son oie, sa propre oie, qui frémissante de bonheur le contemple avec admiration! Son maître hors de lui, — les assistants riaient à gorge déployée, — saisit sa cravache, en lie le bout flexible autour du cou de la pauvre bête, et fait tournoyer en l'air sa victime jusqu'à ce

que mort s'en suive — il le pensait du moins —
puis la lance par la fenêtre sur le pavé.

Peu de temps après, le magistrat tombe malade. Lorsque pour la première fois on lui permit de se lever, et que, faible, chancelant, il
s'approcha de la fenêtre, un cri d'effroi s'é-
chappa de ses lèvres; il se rejeta en arrière;
son oie était là, sur la pelouse, le cou tendu,
le regard ardemment fixé sur lui !

« Quoi! s'écrie le pauvre homme exaspéré,
cette maudite bête est donc ressuscitée pour
mes péchés! Elle me poursuivra jusqu'à mon
dernier soupir! »

Cette fois, la peine de mort allait être in-
fligée avec une implacable rigueur.

— « Oh! père, s'écrie sa fille, aie pitié!
Depuis que tu es au lit, la malheureuse bête
se tient là, presque sans manger, sans détour-
ner un seul instant ses regards de ta fenêtre. »

Colère, crainte du ridicule, tout céda devant
cet attachement que rien ne pouvait altérer.
L'oie dès lors fut admise dans le cercle intime,
et si je ne me trompe, elle vit encore, ainsi que
son maître, tous deux unis par les liens les

plus étroits qui puissent attacher l'un à l'autre, l'homme et l'animal.

— Oh! quelle charmante histoire! encore une sur l'oie, cher papa, c'est si attrayant!

— N'oubliez pas surtout, mes enfants, que c'est vrai. Tout ce que je vous dis est garanti par des récits authentiques.

Dans un moulin vivait une pauvre oie solitaire, sans compagne, sans famille. La meunière avait fait couver des œufs de cane par une poule; comme toujours, les canetons s'étaient empressés de courir vers l'étang, où ils se livraient à leurs ébats légers et joyeux. La pauvre poule s'agitait sur le bord, partagée entre son amour maternel qui la poussait à suivre sa couvée, et son aversion innée pour l'eau qui la retenait au rivage. Sur ces entrefaites arrive l'oie; après s'être adressée à la poule en un bruyant babil, lequel certainement devait signifier : — Sois tranquille, je me charge d'eux! — L'oie se jette à l'eau, nage droit aux canetons, les suit, les dirige dans leurs évolutions; puis, quand ils sont fatigués de ces premiers essais, les ramène à la poule.

Le matin suivant, les canetons redescendent à l'étang; notre poule de se trémousser de plus belle. Mais l'oie se trouvait là. Prit-elle pitié des inquiétudes maternelles de son amie? lui offrit-elle son dos en guise de nacelle? je ne le dirai pas; le fait est que la poule sauta sur le dos de l'oie, s'y installa, s'y trouva très bien, et que de la sorte elle partagea les nautiques ébats de sa couvée.

Chaque jour la poule recommença, à son entière satisfaction, ses promenades à dos d'oie; elle ne les interrompit qu'au moment où, jugeant ses canetons assez grands pour se tirer d'affaire eux-mêmes, en sage tutrice, elle les émancipa, c'est-à-dire les laissa devenir leurs propres maîtres.

— Que c'est singulier! Et connais-tu vraiment quelque trait d'intelligence fourni par un crapaud?

— Oh! quelle idée! un crapaud!

— Ah! je vois que ma petite fille espérait prendre son père en défaut, mais il n'en sera rien.

Une dame qui se promenait dans son jardin

voit tout à coup quelque chose se mouvoir au pied d'un vieux mur lézardé. Elle s'approche et découvre un crapaud qui étudiait méthodiquement la muraille. Le crapaud dressé sur ses pattes de derrière regardait avec un œil puis avec l'autre, au fond des crevasses, tapotait le mur avec sa patte, la lançait dans les fentes et, mécontent du résultat de son examen, faisait quelques pas afin de poursuivre ses investigations. Deux ou trois crevasses furent sondées de la même façon ; une quatrième plus grande parut répondre au désir du crapaud qui lentement, avec précaution, s'y enfila et ne reparut plus. L'animal, vous le voyez, connaissait sa taille et mesurait les fentes afin d'en trouver une dans laquelle il put s'établir.

Pauvre petit ! Eh bien, il me semble que je ne les trouverai plus si laids.

L'important surtout, chers enfants, c'est que vous appreniez à ne plus faire souffrir un animal sous le prétexte qu'il est petit ou vilain. Dites-vous toujours que c'est une créature de Dieu. Et maintenant, sur quoi voulez-vous un récit ?

— Sur un rat.

— Va pour un rat.

Un monsieur qui aimait à s'entourer d'animaux apprivoisés prit quelques rats pour favoris. L'un d'eux eut des petits. On mit dans une cage qu'on suspendit au mur, le père, la mère et les enfants. Une nuit ce monsieur sent je ne sais quoi lui chatouiller la joue, il se réveille ; c'était monsieur le rat nouvellement père de famille qui se permettait cette licence. Son maître l'écarte de la main, puis essaie de se rendormir ; nouveau chatouillement. Etonné de l'insistance du petit importun, ce monsieur allume sa bougie ; aussitôt le rat, se dirigeant vers la porte et suppliant du regard son ami de le suivre, conduit son maître vers sa cage : un petit tombé du nid gisait sur le plancher.

Le pauvre animal, incapable de relever son raton, s'adressait à celui qui pouvait le tirer d'embarras, expliquant à sa manière et très clairement quel genre de secours il en attendait.

— J'ai pensé un animal à mon tour, interrompit le petit garçon. Dis-nous quelque chose sur un singe.

— Voici : un petit singe du nom de Tom ne pouvait souffrir d'être emprisonné. Placé dans une cage, maître Tom en rusé compère s'attaqua non point aux barreaux, qu'il ne pouvait ébranler, mais aux gonds qui, une fois défaits, ne s'opposaient plus à son indépendance. Quelque solidement que fussent fixés les gonds, maître Tom en retirait les clous, la porte tombait et le prisonnier s'échappait.

Le possesseur de ce singe trop avisé renonça donc à la cage et pensa s'assurer de son captif en lui passant une courroie autour du corps. Mais le singe était plus fin que l'homme. Sans se décourager, maître Tom, digne émule du baron de Trenck, se mit à l'œuvre, évitant de déchirer la courroie, ce qui l'aurait trahi, et se bornant à découdre les points qui reliaient la courroie à la boucle. Tout lâcha ; maître Tom de bondir en liberté ! On reprit la cage — l'homme est un tyran tenace, — les gonds avaient été affermis, plus d'escapade possible ; il ne restait à Tom qu'une seule consolation.

croquer les friandises qu'on lui présentait. Lorsqu'un fin morceau roulait hors de sa por- tée, maître Tom, à qui on avait laissé sa cour- roie, s'en saisissait par un bout, lançait l'autre à travers les barreaux sur l'objet convoité, qu'il enlaçait et attirait à lui. La courroie échappait- elle aux mains de Tom, il s'emparait des pin- cettes sitôt qu'on les lui offrait, et s'en servait pour rattraper la courroie.

— Au chat maintenant!

— Au perroquet !

— Non, au loup!

— Au canard!

— Chut! chut! mes enfants, je ne saurais plus auquel entendre. Mais comme les petites filles passent toujours les premières, je vais com- mencer par le perroquet que demande notre fillette.

Un perroquet du nom de Polly n'avait pas de plus grand plaisir que de mystifier les au- tres animaux de la maison. Polly sifflait Bran, appelait Bran; sans défiance, le brave chien accourait, regardait partout, confondu de ne découvrir ni maître ni maîtresse. La femme du

chambre paraissait-elle alors : Partez, partez,
Bran, faisait Polly d'un ton scandalisé, et le
pauvre Bran de s'en retourner tout penaud. La
scène se renouvela jusqu'au jour où Bran, mis
en défiance, ne se laissa plus prendre aux per-
fides appels de Polly.

Un soir le chat était tranquillement assoupi
près du foyer. Soudain Polly se prend à miauler exactement comme feraient de petits chats
en détresse. Minette réveillée en sursaut court
vers ses chatons qu'à sa grande surprise elle
trouve paisiblement endormis dans leur coin.
Minette revient au foyer, et à peine pelotonnée
et assoupie, les miaulements lamentables de
Polly arrachent la pauvre chatte à son som-
meil et à ses rêves! Vite elle s'élance auprès
des minons que cette seconde visite étonne fort.
La plaisanterie se renouvela trois fois.

Une des fillettes de la famille à qui apparte-
nait ce perroquet, ayant entendu parler d'encre
sympathique et désirant en essayer, voulut se
procurer un citron à la cuisine. Le citron manquait ; il fallait se contenter de vinaigre. L'enfant épia le moment où personne ne la verrait

et s'apprêtait à verser du vinaigre dans une cuillère, quand tout à coup Polly se mit à crier : « Je le dirai à maman, jetez ça! jetez ça! » La fillette effrayée, jette en effet vinaigre et cueillère, puis s'enfuit précipitamment persuadée que Polly ne manquerait pas de faire son rapport.

— Oh! quelle petite sotte!

— Voilà un jugement peu charitable, mon garçon; ce qui empêcha la petite fille de réfléchir, c'est que sa conscience lui reprochait une mauvaise action, et du reste le perroquet avait donné assez de preuves qu'il savait ce qu'il disait pour donner à penser. Polly tenait beaucoup à voir sa maîtresse à sa place habituelle à table. Si celle-ci se trouvait absente et que sa place demeurât vide, Polly demandait d'un ton plaintif : « Où est chère mère? chère mère est-elle malade? »

Mais passons au chat. Ici j'avoue que je suis embarrassé.

— Ah! fit le petit garçon d'un air de triomphe.

— Oui, mais embarrassé par le choix : on

cite tant de traits charmants de ces gentils animaux qu'il est difficile de choisir. Je vous en conterai deux ou trois :

Une dame avait un chat et un chien qui s'aimaient tendrement. On ne permettait pas à Néro, le chien, de passer la nuit dans la maison; il s'en voyait donc banni chaque soir.

Or, chaque matin on trouvait maître Néro tranquillement installé près du feu à côté de maître Minny. Comment Néro parvenait-il à rentrer? Nul n'y comprenait rien. Une nuit, entendant je ne sais quel bruit à la porte, la maîtresse de Néro y court et voit le chat qui sautait au loquet, l'abaissait par son poids, tandis que le chien, poussant la porte, entrait et s'établissait au foyer.

Mysie, la chatte d'un de mes amis, avait plusieurs nourrissons; l'un d'eux tomba gravement malade. La pauvre mère, après s'être en vain efforcée de soulager son petit, le porta sur les genoux de sa maîtresse, l'abandonnant aux soins de celle-ci, qui guérit le chaton et le rendit à sa mère. Quelques semaines après, la pauvre dame, sérieusement indisposée elle-même, était obligée de garder le lit. Comprenant l'incident, ou par les conversations de ceux qui l'entouraient, ou par son propre instinct, Mysie chercha à pénétrer dans la chambre de sa maîtresse. Pas moyen, la porte est fermée. Mysie ne se tient pas pour battue ; elle grimpe le long du mur, entre par la fenêtre, et vient, en témoignage de reconnaissance et d'affection, déposer sur l'oreiller de la malade, — quoi ? — une souris.

Une autre chatte, Jemmy, avait avalé du poison. En proie aux douleurs les plus atroces, Jemmy s'en vint réclamer les secours de sa maîtresse. Tourmentée par une fièvre ardente, la pauvre petite bête plongeait elle-même ses pattes dans l'eau froide : fait inouï chez les chats. A force de soins, sa maîtresse réussit à la sauver. Jemmy ne savait comment exprimer sa gratitude.

Un soir, cette dame entend miauler à sa fenêtre ; elle ouvre ; c'était Jemmy qui, ayant grimpé le long d'un arbre en espalier, tenait une souris dans sa bouche et l'apportait à sa maîtresse. Pendant plus d'une année, Jemmy continua d'offrir à sa maîtresse ce tribut de reconnaissance. Chose étonnante, lorsqu'elle eut des petits, Jemmy ne leur permit pas de toucher aux souris qu'elle destinait à son amie Cherchaient-ils à s'en emparer, vite, une tape sur le museau venait leur dire : — Ce fin gibier n'est pas pour vous. — Il fallait que cette dame prît la souris, exprima le plaisir que lui causait ce cadeau, puis, la donna elle-même aux chatons. Seulement alors Jemmy leur accordait l'autorisation de s'en régaler.

— Oh! papa, encore une histoire de chat.

— Allons! je veux bien vous en conter une de plus. Je vous la recommande. Elle en vaut la peine:

Tiny, scandalisé de trouver un plat vide sur la table du déjeuner, s'empressa de montrer à sa maîtresse comment il faut s'y prendre pour remédier à un désordre pareil. La salle à manger de cette dame se trouve au rez-de-chaussée; les fenêtres s'ouvrent vis-à-vis d'une maison voisine dont la salle à manger fait face à celle de sa maîtresse. Tiny, le jour dont il s'agit, disparaît un instant, saute chez le voisin, revient, tenant dans sa gueule un homard, bondit sur la table du déjeuner, dépose le homard dans le plat vide, après quoi, maître Tiny, sans permettre à personne d'y toucher, ressaisit le homard, et s'en va délicatement le remettre sur la table où il l'avait pris.

— Oh ! c'est trop fort ! Et c'est bien vrai !

— Oui, mon enfant, je te le garantis.

— Encore une autre alors, père ?

— Non, mignonne, je n'aurais plus de temps pour tenir ma promesse et vous parler de tant d'autres animaux qui méritent également notre attention.

— Est-ce que tu sais quelque chose sur les hirondelles, papa ?

— Oui, vraiment. J'ai conçu pour les hirondelles une grande affection, accompagnée d'un non moins grand respect, raconte un monsieur anglais, depuis que j'ai vu les espiègles vexer à cœur joie maître Tim le chat, tranquillement endormi dans la plus étrange position : au sommet d'un poteau ! Nos hirondelles, — elles étaient dix à douze, — avisant leur ennemi intime si étrangement campé, et jugeant que la défensive ne lui serait pas commode, se mirent en devoir de prendre l'offensive, au moins pour cette fois. Une d'entre elles arrive donc par derrière et lui effleure l'oreille de son aile; maître Tim, réveillé en sursaut, lance la patte : trop tard ! une seconde hirondelle, une troisième, répète la manœuvre ; le chat, stupéfait d'une telle audace, renouvelle, mais en pure perte, son coup de patte. Nos douze hirondelles, chacune à son tour, viennent fondre sur Tim, l'enferment dans une sorte de ronde enragée, qui pendant soixante minutes, l'enlace, l'enveloppe, le magnétise ! Chaque hirondelle, en le frôlant de l'aile, jetait un petit cri semblable au rire d'un enfant. Le jeu leur plaisait ; car, sans se troubler de ma présence, elles persistèrent jusqu'au moment où leur victime, s'avouant vaincue, quitta le malencontreux poteau.

On en a vu faire la chasse au lièvre qui, vous le savez, n'a pas reçu la valeur en partage. Elles rasaient le sol de manière à frôler les oreilles du lièvre, qui s'effarouchait de plus en plus, tandis que les malignes créatures, pour leur plaisir personnel évidemment, calculaient la distance, fondaient sur le pauvre animal, l'effleuraient de l'aile, puis s'enlevaient et le laissaient abasourdi.

— Est-ce qu'elles voulaient manger le lièvre, papa?

— Non, mon enfant. C'était uniquement pour s'amuser, car les animaux cherchent à s'amuser tout comme le premier mauvais plaisant venu, témoin l'histoire de l'éléphant.

— Quel éléphant?

— Burrah sahib, dont Lady Barkens raconte les hauts faits :

« Nous allâmes après l'orage, dit-elle, visiter les éléphants qui prenaient un bain, ou plutôt se donnaient une douche, remplissant d'eau leur trompe, et s'aspergeant le corps avec des cris de bonheur. A quelque distance, le cuisinier accroupi devant un four de terre, confectionnait les *chupaties* — espèce de galette de la dimension d'une assiette — dont on nourrit ces animaux. Nous nous entretînmes quelques moments avec les cornacs. L'un d'entre eux, Méhémet, vieillard au type accentué, nous vanta fort l'intelligence hors ligne de son éléphant, et proposa de nous en démontrer la supériorité.

» Burah Sahib, qui sortait justement de l'eau, venait réclamer son souper. Le cornac nous plaçant derrière un arbre d'où nous pouvions, sans être vus, observer Burah Sahib, dit au cuisinier d'apporter les chupaties et s'éloigna. L'éléphant commença par casser une branche d'arbre, rien là que de très ordinaire ; Burah Sahib voulait probablement, à l'instar de ses confrères, se servir, pour chasser les mouches, de la branche en guise d'évantail. Mais non : une autre idée s'était logée dans le cerveau de Burah Sahib. Donc, il regarda de tous côtés, scrutant les alentours ; puis, se croyant seul, il saisit rapidement un gâteau, le posa sur sa tête, et le recouvrit du rameau, ayant bien soin d'étaler les feuilles avec sa trompe, de manière à cacher entièrement l'objet volé !

Le tour joué, Burah Sahib se mit à réclamer à grands cris son repas ; le cornac de venir en courant, comme s'il arrivait d'un point éloigné, et de lui tendre, l'une après l'autre, en les comptant à haute voix, les galettes que l'éléphant aussitôt faisait disparaître comme une pilule dans son vaste gosier. Douze galettes forment la pitance ordinaire d'un éléphant; ce nombre suffit pour le maintenir en bon état.

La onzième galette expédiée, Méhémet s'apprête à donner la douzième, ne la trouve pas, la demande au cuisinier qui affirme l'avoir apportée! L'éléphant lui-même se met de la partie, crie sur le ton le plus aigu, retourne avec sa trompe une boîte vide placée près de là, regarde à droite et à gauche, fouille dans tous les coins! Le cornac soudain se tourne vers le fripon, lui ordonne de s'agenouiller; Burah Sahib obéit, non sans protester; Méhémet grimpe sur le dos de l'animal, arrache la branche d'arbre, saisit la chupatie qu'elle recouvrait, feint le courroux, traite son éléphant de filou, de voleur, et le châtie plus pour la forme que pour le fond, avec cette même branche destinée à dérober le larcin.

« Burah Sahib, nous dit le cornac, avait réussi plus d'une fois, avant qu'on ne découvrit l'escroquerie du vaurien, à faire passer le pauvre cuisinier pour un fripon ! »

— Oh ! quelle drôle d'idée qu'un éléphant ait envie de rire et de jouer.

— C'était peut-être pour tâcher d'en obtenir davantage, dit Lucie.

— Cela se pourrait, ma fille, car les animaux sont très adroits à se procurer ce qui leur fait besoin ou envie et ont recours à toutes sortes de ruses.

Un fameux voyageur au pôle nord, Mac-Clintock, rapporte cette anecdote à propos des corbeaux.

« Deux corbeaux, le mari et la femme, attirés par des débris de toute espèce qu'on jetait par dessus bord, élurent domicile non loin du bâtiment. A certain moment de la journée, les hommes de l'équipage lavaient leur gamelle et donnaient au chien Mob les reliefs de leur repas. Le couple emplumé, tenté par ces bons morceaux, résolut d'en avoir sa part. Voici comment il s'y prit :

Aussitôt les débris amoncelés et le chien prêt à s'en repaître, nos hardis compères se lançaient sur le pauvre animal, l'agaçant, le vexant, jusqu'à ce que, Mob montrant les dents, un coup d'aile mettait hors de portée nos fripons. Les attaques se répétaient, tant et si bien que Mob, poussé à bout, donnait une chasse sérieuse aux malencontreux oiseaux. C'est ce que voulaient ceux-ci. Une fois Mob lancé, nos coquins revenaient en arrière à tire d'aile, et tandis que le pauvre chien revenait tout haletant sur ses pas, ils se servaient à loisir. •

Puisque nous parlons des corbeaux, il faut que vous sachiez qu'ils tiennent des cours de justice appelés *parlements*, dans lesquels ils mettent en jugement, accusent, et exécutent sommairement celui d'entre eux qui s'est rendu coupable d'un délit.

— Oh ! père ! tu ne veux pas dire qu'ils le jugent comme on juge dans les tribunaux ?

— Mais si, mon cher enfant ; la plus grande différence, c'est que cela se passe en plein air. Le parlement se forme en cercle : au milieu un corbeau à l'air triste et misérable se trouve seul. Deux membres de l'assemblée, ou plutôt

du tribunal, viennent se placer à ses côtés;
une longue délibération commence; sitôt ter-
minée, les deux corbeaux — les accusateurs
probablement — se jettent sur le coupable ou
la victime, le piquent durant quelques instants
à coups de bec, puis s'envolent, laissant place
libre aux autres exécuteurs, qui, se précipitant
à leur tour sur le condamné, le frappent jusqu'à ce que son pauvre corps soit réduit en
lambeaux.

— Oh! c'est triste ; dis-nous quelque chose
de gai pour nous faire oublier le pauvre corbeau.

— Justement, il me revient à l'esprit une
charmante histoire de canards.

La fidélité conjugale des petits canards man-
darins chinois est passée en proverbe, si bien
que dans les processions de mariage, en Chine,
on voit figurer une paire de ces petits oiseaux,
emblème de l'amour qui doit unir les nouveaux
époux.

Un canard mandarin mâle ayant été dérobé
pendant la nuit chez M. Beral, sa compagne

désespérée se retira dans un coin solitaire, afin d'y pleurer celui qu'elle avait perdu.

Tandis qu'elle se livrait à sa douleur, maître Couak, canard élégant, qui, lui aussi, avait peu de temps auparavant perdu sa femme, et s'était vite consolé — ce qui arrive parfois à d'autres qu'aux canards — se sentit touché de compassion. Lissant ses plumes, se faisant aussi beau que possible, maître Couak vint témoigner sa sympathie à la pauvre affligée et lui offrir sa protection. La veuve, indignée, repoussa les avances de l'audacieux, faisant, dans un cancanage expressif, le vœu de mourir fidèle à son mari. La brave petite cane abandonna donc son ancien genre de vie; on ne la revit plus au bord des ruisseaux où jadis elle se promenait avec le cher absent; le temps du bonheur avait fui sans retour; aucune des consolations que venaient lui prodiguer ses compagnes n'apaisait ses regrets.

Cependant l'oiseau disparu était trop rare, de trop grande valeur, pensait-on, pour que le voleur s'en fût emparé comme d'un volatile ordinaire, afin d'en satisfaire son appétit. On chercha donc; les plus minitieuses perquisitions n'avaient produit aucun résultat, lorsque passant auprès d'une hutte habitée par quelques Chinois de la pire espèce, un homme saisit ce lambeau de conversation.

— C'est dommage de tuer un si bel oiseau !

— Oui, mais qu'en faire ?

Soupçonnant qu'il s'agissait du canard mandarin, notre homme vient révéler sa découverte à M. Beral. Sans perdre un instant M. Beral envoie son serviteur chez les Chinois : le canard mandarin, en effet, se trouvait là. Après de longs pourparlers et quatre dollars payés aux voleurs, l'oiseau retrouvé, placé dans une cage d'osier, reprend le chemin du logis. A peine reconnaît-il les abords de sa volière que des cris et des battements d'ailes expriment son bonheur ! Les premiers sons de sa voix ont frappé l'oreille de la cane désolée; vingt et un jours s'étaient écoulés; n'importe, elle a reconnu ces accents, elle court à la rencontre du retrouvé; on ouvre la cage, le mandarin s'élance vers sa compagne, et je laisse à penser a joie, le ramage, les caresses et les récits qui s'échangèrent à propos du douloureux passé !

La belle veuve, on le suppose du moins, s'abandonna à la douceur des confidences, et raconta quelles propositions lui avait adressées maître Couak. Ce qu'il y a de certain, c'est que dès le lendemain, notre mandarin se jetant sur le présomptueux Couak, le battit de telle sorte, qu'après trois ou quatre jours, Couak expirait, victime de ses sympathies pour la veuve au cœur fidèle.

— Et sur les vaches, père, connais-tu aussi quelque trait ?

— Certainement, et je peux vous citer ces deux vaches qui avaient observé que la porte du hangar à foin était fermée par un loquet, qu'on soulevait en introduisant le doigt dans un trou. Lorsqu'elles se voyaient seules dans la cour, elles s'approchaient du hangar, enfilaient le bout de leur corne dans le trou, soulevaient le loquet, tiraient la porte à elles, ainsi qu'elles l'avaient vu faire au berger et se régalaient de foin.

— Et sur les chevaux, père ?

— Oh! sur leur compte, il y en a tant que
je n'ai que l'embarras du choix. Je puis vous
parler d'un cheval qui pompait l'eau quand il
avait soif. La pompe se trouvait placée dans
un coin de son écurie; or, le palfrenier en ar-
rivant ne pouvait comprendre pourquoi dans ce
coin là plusieurs centimètres d'eau couvraient
parfois le sol. A la fin, soupçonnant le cheval,
il l'attache un soir sans lui donner à boire.
Puis après lui avoir rendu la liberté le matin
il observe ses faits et gestes. Le cheval se dirige vers la pompe, en saisit le levier entre
ses dents, pompe vigoureusement, met sa tête
sous le robinet, et boit à longs traits.

Un monsieur, visitant une mine en Améri-
que, vit dans ses profondeurs un cheval à l'œuvre tout seul, sans maître ni conducteur.

Sitôt la charrette à laquelle était attelé le
cheval remplie de minerai, un des mineurs sifflait; le brave animal partait traînant sa charrette, allait droit au dépôt du minerai, et, la
charrette déchargée, s'en revenait la faire rem-
plir. Or le plus curieux de l'histoire, c'est que
le nombre des courses étant limité, notre che-

val en savait le compte et ne le dépassait pas !
Son dernier tombereau vidé, la bête, — don-
nez-lui ce nom si vous l'osez, — se dirigeait
tranquillement vers l'écurie où l'attendait le
repas du soir.

« Notre voisin, est-il raconté quelque part,
possédait un poulain qui, chaque jour, pendant
notre déjeuner, passait avec sa mère devant
notre salle à manger. Ma fille, passionnée pour
les chevaux, lui portait d'ordinaire un morceau
de pain. Le poulain trouvant que l'attente était
de trop, la supprima ; il venait droit à la maison, posait ses pieds de devant sur les marches
qui aboutissaient à la porte, en atteignait le
marteau qu'il soulevait avec son nez, le laissait
retomber, et vous voyez d'ici l'effet.

Et cet autre qui, loué pour une dame malade qu'il portait d'ordinaire le plus doucement
du monde, prend un jour le galop et ne s'arrête
que devant une forge où il entre à fond de
train. Le forgeron scandalisé du procédé s'ef-
force de faire sortir le poney ; celui-ci résiste
si bien que le forgeron finit par lui examiner
les pieds. Un fer manquait ; le brave animal

venait le faire remplacer. Il savait qu'une forte chaussure était nécessaire à son service, et il la réclamait du forgeron, malgré le désagrément réel que fait éprouver le ferrage aux chevaux.

Voici maintenant, pour varier, une histoire de corneilles :

Dans les faisanderies bien organisées on cherche à se garantir des oiseaux pillards, affriandés par la nourriture dont les faisans sont abondamment pourvus. En conséquence, on munit les mangeoires d'un couvercle que soulève, en faisant levier, la perche sur laquelle vient de se poser le faisan.

Une corneille, du haut d'un arbre, surveillait les faisans qui, perchés chacun sur leur perche, le bec fourré dans la mangeoire, se régalaient à plein cœur. — N'en puis-je faire autant? — se demanda l'oiseau. D'un coup d'aile la voilà sur le levier, s'attendant à voir le couvercle s'ouvrir. Point! la boîte reste close, le couvercle baissé. Dame corneille tente quelques efforts infructueux, puis se prend à réfléchir, comprend qu'une corneille pèse moins qu'un faisan, prend son vol, va sur le chêne voisin communiquer ses pensées à l'une de ses sœurs ; les deux amies échangent quelques explications, partent d'un même élan, reviennent se poser ensemble sur la perche, laquelle bascule cette fois sous leurs deux poids réunis, soulève le couvercle et leur livre la mangeoire avec ses trésors.

— Oh ! cher papa ! quelle charmante histoire ! conte nous-en une encore comme celle-là !

— Et sur quel sujet, mes mignons ?

— Sur le renard.

— Dans un coin reculé de l'Ecosse, la neige tombait avec abondance, ensevelissant le pays sous son épais linceul. Oiseaux et bêtes de proie avaient grand mal à se nourrir.

Un matin, tout en courant dehors avec son berger, un fermier remarqua au penchant de la colline opposée je ne sais quel objet de couleur sombre qui se détachait sur la neige et lui paraissait se mouvoir. Il en fit l'observation au berger : — C'est une touffe de bruyère que la neige a quitté ! répondit le brave homme.

Le fermier n'était pas convaincu. Il regarde cet objet avec plus d'attention. Certain qu'il changeait de place, il saisit mon fusil, dit au berger de le suivre et, franchissant non sans peine les pentes neigeuses, il arrive à cent mètres environ du mystérieux buisson. Le buisson était tout simplement un grand et gros renard. Maître renard ne se laissa pas approcher à portée de balle. D'un pas déterminé, s'arrêtant parfois pour regarder fixement les nouveaux venus, il décampa. Le tour était joué : le fin matois, pelotonné en manière de buisson, avait réussi à tromper le gibier emplumé dont les dépouilles jonchaient la neige autour du point qu'il venait de quitter.

— Cette histoire ne me plaît pas autant, cher papa ; dis-nous en une bien, bien jolie.

— Du renard au loup la transition est aisée. C'est un colonel anglais qui raconte cette histoire dans son journal. Je vais vous lire son récit : .

« J'ai suivi ce matin l'exécution d'un plan de campagne dressé par les loups, plan qui, comme exécution, dénote non-seulement un

certain degré de raison, mais encore la faculté
d'échanger leurs idées

» Armé dès l'aube de mon télescope, je scru-
tais l'horizon dans l'espérance d'apercevoir
quelque gibier. Je venais justement de découvrir un troupeau d'antilopes groupées au milieu d'un pré fauché de frais, et j'abaissais ma
lunette, m'apprêtant à reconnaître le pays,
lorsque dans un coin écarté de la prairie, mar-
qué aux antilopes par un fourré de buissons,
j'avise six loups, gravement assis, plongés dans
les perplexités de la plus sérieuse délibération.
Eux aussi à l'affût du gibier, ils avaient jeté
leur dévolu sur le troupeau. Curieux d'assister
aux opérations de ces braconniers d'un nouveau
genre, je me glisse près d'eux sans en être
aperçu, et là, caché derrière quelques arbustes,
je surveille leurs mouvements.

» Les loups se séparent après avoir tenu
conseil. L'un d'entre eux reste à l'affût; quatre
autres rampent le long du fourré, et postés de
de distance en distance entourent le troupeau,
tandis que le cinquième vient se dissimuler
sous un bouquet de buissons qui commandait le

passage. Cela fait, le premier loup, inactif jusqu'alors s'avançant à découvert, marche droit aux antilopes. Les gracieuses bêtes secouent dédaigneusement la tête, s'enfuient avec des bonds légers, et laissent le loup bien loin derrière elles. Mais, arrivées à l'extrémité de la prairie, les antilopes se voient en face d'un autre loup, qui s'élance à son tour et les rejette dans la direction opposée, où les attend un nouvel ennemi ! Le troupeau effrayé reprend sa course ; vain espoir ! à chaque bout de la clairière se trouve un loup qui renvoie la bande à ses compères. Les pauvres antil. ... affolées, bondissant en tous sens décrivent des cercles de plus en plus restreints. Le sixième loup, remisé sous les arbustes, au point stratégique, restait immobile, bien que les antilopes dans leur fuite éperdue, eussent passé tout près de lui et même franchi les buissons. Il attendait l'instant fixé pour agir. »

A ce moment le colonel Campbell mit fin aux angoisses des antilopes en abattant un des loups ; les autres s'enfuient, et les antilopes pour cette fois, échappèrent à la mort.

Cette partie de chasse organisée par les loups, l'obéissance au plan arrêté, la combinaison des forces, des intelligences individuelles en vue d'un intérêt commun, prouvent et le raisonnement qui ne va pas sans la raison et l'existence d'un langage quelconque, au moyen duquel les loups, se faisant part de leurs idées, en ont assuré l'exécution jusque dans les moindres détails.

Outre le dialecte spécial, propre à chaque espèce, les animaux possèdent, j'en suis convaincu, un langage général, une espèce de *lingua franca*, commune à tous.

Et maintenant une anecdote sur le roi des animaux, le lion, non pas le lion du Jardin des Plantes, mes enfants, mais le lion du désert, car la bête en captivité perd de son intelligence et de son caractère.

— Est-ce que les bêtes ont un caractère, papa? demanda Lucie.

— Je le crois bien, ma fille ; un caractère et une humeur aussi diverses que celles de l'homme. L'une aime la tranquillité, la paresse ; l'autre le mouvement, le bruit ; celle-ci cherche toujours à jouer ; cette autre n'admet pas qu'on se permette à son égard quelque familiarité.

— Vraiment, papa ?

— Oui, et voici un trait de caractère qui vous plaira, j'en suis sûr. Je l'ai lu dans un livre enfantin, qui peut-être vous tombera quelque jour sous la main :

Bris et Grip étaient deux chiens de caractère tout différent. Le premier, vif et colère, aimait tout ce qui était bruit et mouvement. Il s'attachait de préférence aux pas des enfants ; il était devenu le compagnon de jeu, le complice même du jeune Carlo ; il se pliait à toutes les fantaisies du jeune espiègle, et se livrait avec lui à des courses folles.

Il n'en était pas de même de Grip, qui s'était attaché à une jeune dame, et ne s'en séparait qu'à regret.

Tout autre personne le laissait parfaitement indifférent. C'était une nature sérieuse qui n'admettait pas la plaisanterie. Peut-être une personne moins prévenue en sa faveur que son amie, l'eût même trouvé hargneux. Il prenait

la mouche aisément, dès que sa dignité lui
semblait menacée,

Dans une de leurs courses, l'espiègle Carlo
et le folâtre Bris ne s'avisèrent-ils pas de vou-
loir prendre des libertés avec lui ? et quelles
libertés ! s'attaquer à la dignité de maître Grip.
Avec l'audace irréfléchie d'un jeune chien qui
se croit tout permis, Bris s'avisa de sauter en
aboyant après ce qui restait de la queue de
Grip (et c'était bien peu de chose, assurément).
Comme il ne put l'atteindre, aux applaudisse-
ments de Carlo, il se mit à tourner autour de
Grip en japant d'une manière fort impertinente.
Grip resta impassible et ne fit rien pour ré-
primer cette gaieté intempestive. Mais arrivé
à la hauteur d'un petit marais assez bourbeux,
il se retourne brusquement, saisit Carlo par la
nuque et le précipite dans l'eau avant que le
coupable ait eu le temps de se reconnaître,
Puis restant sur le bord pour savourer sa ven-
geance, trois fois il replonge le malheureux
Carlo dans l'eau saumâtre. Après quoi, avec le
même calme, il le dépose dans une touffe d'a-
joncs, où il le laisse se secouer et se nettoyer

à son aise. Jamais on ne vit, depuis lors, Carlo recommencer ses agaceries déplacées.

Mais revenons au lion. Voici ce que racontait à M. Moffat, ce grand missionnaire anglais, beau-père du célèbre voyageur Livingston, un chef hottentot, témoin oculaire du fait :

— Un lion d'âge et d'expérience guettait un troupeau de zèbres qui, chef en tête, se préparait à traverser un défilé montagneux pour se rendre à la plaine et y brouter au frais. Une roche énorme protégeait le défilé. Le lion ne pouvait saisir l'étalon chef et en faire sa proie qu'en franchissant la roche d'un bond. Il s'élance, heurte du front la roche, manque son coup, retombe lourdement sur le sol, et les zèbres de détaler queue en l'air. — « Partie remise » pense notre lion. Aussitôt, sans perdre un instant, il s'exerce à franchir la roche jusqu'à plein succès. Comme il s'en allait, surviennent deux autres lions ; tous trois rugissent, grondent en bon accord quelques instants, après quoi le vieux lion les ramène vers la ro-

che, et devant eux exécute son saut péril-
leux !

— Evidemment, ajouta le hottentot, les
lions parlaient entre eux. Mais, bien que ce
fut à très haute voix, je ne compris pas un
mot de ce qu'ils disaient, et, craignant de devenir le prochain objet de leurs expériences,
je m'échappai, les laissant en conseil.

— Je n'aime pas les histoires d'animaux qui
viennent de si loin, papa, j'aime mieux des
histoires de chien, de chat, d'oiseau.

— Veux-tu l'histoire d'un mulot ?

— Qu'est-ce que c'est qu'un mulot, papa?

— C'est le rat des champs.

— Celui que le rat de ville invita d'une façon
fort civile ?

— Peut-être bien, mademoiselle fillette. En
tous cas, voici mon histoire :

Un pauvre mulot fut ramassé, couvert de ver-
mine. Après l'avoir nettoyé, on l'installa dans
une boîte pourvue de tous les conforts que peut
rêver un mulot. Pénétré de gratitude, celui-ci,
loin de chercher à s'échapper, vint dès le premier jour manger dans la main de son protec-

teur ! On l'appela Petit-Pierre, et Petit-Pierre apprit bientôt à connaître son nom ; aussitôt qu'on l'appelait, il accourait. Le compère ne tarda pas à se montrer d'un caractère badin. Il s'enfouissait dans le vase rempli des graines destinées à sa nourriture. Une fois dedans, Petit-Pierre ne répondait plus ; c'était une manière de dire : — Cherchez-moi ! — Mais sa patience de mulot n'était pas longue. Si l'on tardait à s'occuper de lui au bout d'un instant, Petit-Pierre faisait voler les grains en l'air, et l'on voyait émerger sa petite tête ronde où brillaient deux yeux mutins.

Et maintenant, puisque vous aimez les histoires d'oiseaux, en voici une :

En règle générale, messieurs les moineaux se distinguent d'une manière peu honorable pour eux et par le soin exagéré qu'ils prennent de leur chère personne, et par le sans façon qu'ils mettent à s'emparer du bien d'autrui. C'est le type achevé de l'égoïste. Cependant un journal anglais nous signale une exception qui vaut la peine qu'on la remarque :

Une dame possédait un canari dont elle suspendit la cage en dehors de sa fenêtre. Un moineau se posa sur la cage, entama la conversation la plus animée avec le captif, puis s'envola pour revenir bientôt après, tenant au bec un insecte qu'il laissa tomber devant le canari. Chaque jour, depuis lors, à la même heure, la même scène se renouvelait; le serin étroitement lié avec le moineau, prenait l'insecte dans le bec de son nouvel ami. La dame, curieuse de pousser plus loin l'expérience, suspendit d'autres cages devant sa maison. Le moineau apporta quelque aliment à chaque oiseau, mais il commençait invariablement par son ancien protégé.

Voici encore un trait d'intelligence qui vaut la peine d'être signalé :

Quelques personnes compatissantes avaient arraché un moineau, jeune encore, aux mains de petits vauriens qui venaient de dévaster son nid. *Pierrot* grandit ; on l'avait laissé libre ; il parcourait la maison sans songer à s'enfuir. Le dimanche, Minet, profitant de l'absence du maître, aurait aisément fait deux bouchées du moineau ; on donnait donc à celui-ci la clef des champs ; il en profitait jusqu'au retour de ses amis, n'attendant pour rentrer que le signal convenu : sa maîtresse se montrait-elle *sans gants* à la fenêtre de la salle à manger. Pierrot accourait. Sa maîtresse conservait-elle ses gants, Pierrot savait qu'il ne devait pas rentrer.

— Oh! papa! mais les animaux comprennent donc tout?

— Bien des choses, en tout cas.

Ainsi les grives tiennent conseil comme les corbeaux. Ne les a-t-on pas vues a la suite de leurs délibérations exécuter ce qu'elles avaient décidé.

Un monsieur possédait un frêne magnifique, garni chaque année de fruits abondants. A peine mûrissaient-ils que les grives, réunies en foule dans le jardin et babillant à l'envi, se prenaient à discuter, semblait-il, un sujet d'intérêt général. Les bruyantes assemblées se répétaient jusqu'au jour où la récolte se trouvant à point et le mot d'ordre étant donné, les grives se précipitaient sur l'arbre ; au bout de deux heures, il n'y restait plus un fruit. Chaque année voyait se renouveler scène pareille.

Un horticulteur passionné, mon voisin, dont le jardin produit les plus belles fleurs et les plus beaux arbres, avait entre autres un cerisier qui, l'été dernier, s'était couvert de fruits vermeils. Mon voisin, cela se conçoit, les couvait de l'œil.

Un soir, les cerises lui paraissant mûres, il donne à son jardinier ¡l'ordre de les cueillir le lendemain. Il avait compté sans les maraudeurs ailés, qui, en fait de cerises et de maturité, s'y entendaient aussi bien que lui! Au petit jour, le jardinier arrive avec ses paniers, lève la tête, regarde le cerisier : plus rien, tout avait disparu. Les queues seules au bout desquelles se balançaient les noyaux parfaitement nettoyés, témoignaient des bonnes intentions de l'arbre.

Notre propriétaire mystifié soutient que les pillards avaient épié son entretien avec le jardinier, et s'étaient hâtés de prendre les devants. Une chose demeure certaine : les grives et les pinsons s'étaient donné le mot pour ne pas toucher aux fruits avant maturité.

Voici maintenant une histoire de pigeons, de ces chères petites bêtes que tous ceux qui ont subi les angoisses du siége de Paris doivent aimer, car ils furent nos meilleurs amis en ce temps cruel où ils furent nos seuls messagers.

« Il y a une quarantaine d'années, me racontait un jour un ouvrier, j'habitais avec mon oncle un vieux château. Une partie des bâtiments, tombée en ruine, abritait des pigeons dont nous faisions maints pâtés.

» Un petit, à peine éclos, pauvre orphelin excita ma compassion; je m'en emparai, je le mis dans une corbeille, et je le nourris de mon mieux. *Turey* prospéra; la plus étroite amitié s'établit entre nous. Une fois élevé, je lui donnai la volée; Turéy, au lieu d'en profiter pour rejoindre ses camarades, continua de me suivre partout. S'écartait-il un instant? vite il revenait se percher sur ma tête ou sur mes épaules. Turey partageait nos repas; chose burlesque, lorsque le chat ou le chien se hasardait dans la salle à manger, maître Turey les en chassait à grands coups d'ailes.

» Nous fûmes nous établir dans une autre localité ; Turey nous y accompagna, et d'emblée, se familiarisa avec notre nouveau logis. Mes travaux me retenaient toute la semaine hors de la maison. Je revenais chaque dimanche. A peine me voyait-il arrivé, Turey ne me quittait plus. Le lundi matin, il partait avec moi, malgré moi. Il finit par comprendre cependant que je ne pouvais l'introduire au chantier ; après m'avoir donc escorté jusqu'à la grande route, sur un mot, Turey retournait chez nous.

» Hélas ! comme il arrive aux enfants gâtés, Turey abusait de sa position. Il avait pour manie de se glisser dans la laiterie, et d'y commettre maints délits. On fut obligé d'enfermer un jour le malencontreux Turey ; on oublia de lui donner à manger, et le lendemain Turey gisait mort sur le sol, à notre grand chagrin. »

— L'animal le plus insociable est susceptible d'être apprivoisé, s'il est traité avec bonté.

— Quel est l'animal le plus insociable, papa ?

— La taupe par exemple ou le papillon.

— Une taupe apprivoisée ! s'écria le garçon.

— Un papillon apprivoisé ! s'écria la fillette.

— Oui, mes enfants.

Une taupe, brune, habitait un jardin au grand déplaisir du jardinier. Celui-ci voulait se débarrasser de cet hôte incommode. Les maîtres du jardin, moins pratiques, cherchaient à apprivoiser la bête.

Ils déposèrent donc un morceau de viande crue à l'entrée de son trou. La taupe, avertie par son fin odorat, accourt, emporte la proie, puis, après l'avoir dévorée, revient à l'orifice du terrier. On lui présente un autre morceau, cette fois en prononçant à plusieurs reprises un nom : *Barty*, abréviation de Bartimée. Bientôt la taupe répond à cet appel. Se trouvait-elle trop enfoncée dans ses galeries pour

l'entendre, quelques coups réguliers, frappés
à sa porte, suffisaient pour la faire accourir.

Les animaux les plus farouches subissent
l'influence de la mémoire.

Me trouvant à Londres, il y a quelques années, je visitais fréquemment le jardin zoolo-
gique, et me liai, autant qu'ils voulaient bien
me le permettre, avec ses divers habitants.

Je fus un jour frappé de la grande taille et
de la beauté d'un nouvel arrivé, chat-tigre ou
ocelat. Défiant, sauvage à l'excès, l'ocelat re-
fusait obstinément mes avances; j'en étais pour
mes frais. Enfin, je crus entrevoir le moyen de
gagner ses bonnes grâces.

Une chaleur étouffante régnait dans le jardin; les cages des malheureux captifs fourmil-
laient de grosses mouches bleues; l'ocelat
cherchait vainement à les saisir. Je m'empare
de l'une d'elles, je la tiens près des barreaux;
l'ocelat s'approche avec précaution, puis s'é-
loigne, puis revient, puis s'enhardit jusqu'à
prendre l'insecte et à l'avaler. J'attrappe une
seconde mouche, que j'offre de même au prisonnier tout en sifflant doucement; cette fois,

il accepte la mouche sans faire de façon. Au bout d'une heure, l'ocelat obéissait à mon sifflet, accourait dès qu'il l'entendait, et croquait à belles dents les insectes que je chassais pour lui.

Le lendemain, je renouvelai l'expérience, l'ocelat me reconnut aussitôt. Quelques jours s'étaient à peine écoulés que l'ocelat venait, dès qu'il m'apercevait, se frôler contre les barreaux de sa cage et me permettait de lui gratter amicalement la tête, comme on le fait à un chat. Le gardien qui passait à cet instant resta stupéfait. Lui-même n'osait point, dit-il, aventurer sa main dans la cage du féroce animal.

— Dis-nous l'histoire du papillon, père?

— Je vais vous lire ce qu'une dame a écrit à ce sujet : voici quelques fragments de sa lettre :

« Parmi mes nombreux favoris ailés, il en est peu que j'aie autant aimés que mes deux papillons. Leurs chrysalides m'avaient été données. Je plaçai donc ces deux chrysalides dans un coffret de verre, et mis le coffret de-

vant la fenêtre de ma chambre à coucher. Cet
hiver-là, j'étais fort souffrante, on entretenait
du feu jour et nuit chez moi ; la température
se maintenait égale et chaude ; les chrysalides,
induites en erreur, crurent au retour du prin-
temps, si bien que, à ma grande surprise, je
vis, quelques jours après Noël, un petit papillon jaune voltiger faiblement dans le coffret.
Enchantée, j'ouvre la boîte, je tends la main
au nouveau-né, espérant qu'il viendra se poser
sur mon doigt. Encore tout étourdi par cette
récente entrée dans une phase inconnue de
son existence, ressentant peut-être une vague
crainte de l'homme, le papillon, à l'approche
de ma main, bat des ailes effaré, s'éloigne, et
finit par se laisser choir épuisé sur le tapis.
Je me demande avec angoisse comment nourrir
cette pauvre créature. En vérité je n'en savais
pas un mot ; nul dans la maison n'était mieux
renseigné, et à cette idée : alimenter, élever,
apprivoiser un papillon, chacun se moquait de
moi. Soudain, je me rappelle le dire des poè-
tes : Les papillons se nourrissent de sucs de
fleurs ! J'essaie de composer du nectar en mé-

langeant un peu de miel et de l'eau de rose ; je dépose quelques gouttes de cette ambroisie sur les boutons entr'ouverts d'une petite plante, et je place la plante près du papillon. Bientôt, à ma grande joie, le papillon étend ses ailes, s'enlève, voltige autour de la plante, finit par s'y poser, et pompe le suc artificiel. Deux semaines de ce régime-là ne s'étaient pas écoulées, que mon favori, parfaitement apprivoisé, venait se percher sur ma main, l'air tranquille et content. Je lui donnai le nom de Psyché ; il y répondait en volant vers moi sitôt que je l'appelais.

» Trois semaines environ après la naissance de Psyché, le second papillon, un *paon*, fit à son tour son entrée dans le monde. Fort et vaillant, il s'ébattait avec vivacité, semblable à un rayon de lumière échappé du prisme. Psyché l'avait mis sans doute au courant des affaires, car le nouveau venu prit immédiatement les habitudes de son camarade, accourant avec lui dès que je l'appelais Psyché. J'essayai de lui donner un nom, à lui aussi, il ne parut pas le comprendre.

» Les deux papillons vécurent dans notre intimité jusqu'au moment où la terre revêt sa parure de roses et de lis. On me dit alors que mes favoris n'avaient guère plus d'un mois ou deux à vivre, et qu'il serait cruel de les garder en prison. Je plaçai donc le coffret grand ouvert sur la tablette extérieure de la fenêtre. Plusieurs jours s'écoulèrent ; mes petits amis ne se hasardaient pas hors de leur palais, j'en étais ravie ; je me flattais déjà que leur affection pour moi les y retenait captifs. Hélas ! un beau matin, je les vis déployer leurs ailes, partir et s'ébattre en liberté. Le soir les ramena dans leur retraite, mais le jour suivant ils s'envolèrent de nouveau ; cette fois pour ne plus revenir.

» Paon et Psyché, cependant, ne s'éloignaient guère du jardin. Lorsque je les appelais, ils venaient se poser un instant sur ma tête ou sur ma main. L'été passa, septembre arriva, froid et orageux. Un matin, nous apercevons nos deux papillons sur le bord de la fenêtre ; nous leur ouvrons, ils entrent, et reprennent leurs quartiers d'hiver.

Pauvres mignons, quelle différence entre leur état actuel et leur parure au moment du départ. Fatiguées, usées, les brillantes ailes du paon avaient perdu leur éclat, celles de Psyché leur lustre d'or. Ai-je besoin de le dire, pour être plus misérables, ils n'en étaient que plus aimés.

» Cet hiver-là, ils dormirent beaucoup. Nous remarquâmes toutefois qu'ils trouvaient du plaisir à entendre parler ou chanter, à être balancés sur la main ; ce mouvement leur rappelait peut-être celui des fleurs, bercées par les brises de l'été.

» Les mois succédèrent aux mois. Juin revint à son tour ; de nouveau nous ouvrons la prison. Nos captifs s'élancent gaiement dehors ; pour leur malheur, hélas! Après un terrible orage, nous trouvons sur la fenêtre le corps inanimé de ma gracieuse Psyché. En vain j'essayai de le rappeler à la vie. L'étincelle mystérieuse qui lui donnait beauté, mouvement, affection, mémoire, était retournée à son créateur.

» Le paon ne revint pas. Fut-il victime de

quelque ennemi aérien, mourut-il de vieillesse, oublia-t-il ses anciens amis, je ne sais. »

— Oh ! papa ! je n'aurais jamais cru cela.

— Et tu vois que tu aurais eu tort, mon enfant, avec la douceur on obtient dans ce monde des résultats surprenants ; mais c'est avec la douceur et la bonté et non avec la brusquerie et la colère.

Un Anglais a apprivoisé une guêpe, et voici comment il raconte qu'il s'y est pris :

« J'avais pris une guêpe avec son nid dans les Pyrénées, au mois de mai dernier. Le nid d'une régularité parfaite, contenait une vingtaine de cellules ; presque toutes renfermaient un œuf ; ma petite guêpe était la seule éclose alors. Je lui appris sans peine à manger sur ma main. Au début, elle se montrait inquiète, nerveuse ; son aiguillon restait à moitié dehors, comme une arme toujours prête à frapper. Une ou deux fois, lorsque l'employé du chemin de fer ouvrant le wagon à l'improviste, je la fis précipitamment rentrer dans sa boîte, elle me piqua légèrement, sans doute par peur.

» Peu à peu, s'habituant à moi, elle me permit de la caresser ; je n'aperçus plus son aiguillon.

» Au retour du froid, ma petite amie tomba dans un état de somnolence inquiétant ; j'espérais, toutefois, qu'elle supporterait l'hiver ; je la plaçai dans un endroit obscur, continuant à la nourrir dès qu'elle paraissait avoir faim. De temps à autre elle sortait, et resta bien portante jusqu'à la fin de février. A cette époque, je remarquai un matin qu'elle perdait l'usage de ses antennes ; elle refusa tout aliment le lendemain ; j'essayai de tenter son appétit, mais la tête était déjà paralysée, bien que les pattes, les ailes et l'abdomen remuassent encore. Le jour suivant, pour la dernière fois, je lui présentai quelque nourriture ; la paralysie avait gagné le thorax, l'arrière-train seul donnait encore quelques signes de vie. On voit maintenant ma pauvre petite bête au *British Museum.* »

Je vais vous raconter encore une histoire de guêpes pour finir.

— Oh! papa! tu ne nous a pas parlé de tous les animaux.

— Comment, vous n'êtes pas encore satisfaits?

— Oh! non, non; nous voudrions toujours t'écouter.

— Allons, ce serait trop pour un jour, voici ce que je voulais vous raconter. Bien que les abeilles, les guêpes, les fourmis n'aient pas un cerveau constitué comme celui de l'homme et de l'animal, elles se communiquent leurs idées, — ce qui prouve qu'elles en ont, — et c'est généralement avec leurs antennes qu'elles conversent.

Voici un exemple qui prouve surabondamment ce fait :

Pendant l'été, — c'était en 1872, — on venait de terminer le déjeuner; quelques petits morceaux de blanc d'œuf restaient sur une assiette. Entre une guêpe; après avoir voleté autour de la table, elle se pose sur l'assiette à l'œuf, essaie vainement d'emporter un des appétissants morceaux, ne peut y réussir, et part. Au bout d'un instant, deux guêpes ar-

rivent, vont droit au plat, soulèvent sans
peine le fragment convoité, et l'emportent.
La première guêpe avait été chercher du ren-
fort ! Pensant bien que l'affaire n'en resterait
pas là, que les deux guêpes iraient raconter
l'événement au nid, on remit un peu d'œuf
sur l'assiette, attendant la suite de l'aventure.
Guêpe après guêpe, la tribu toute entière fit
invasion, chacune volant au plat, chacune em-
portant sa part de butin. Si les guêpes n'a-
vaient eu aucun moyen d'échanger leurs
idées, les fragments d'œufs seraient restés
intacts.

Habiles maraudeuses, les guêpes savent
défendre leur proie contre les voleurs. Une
sentinelle est placée devant la porte du fort.
Dès que paraît l'ennemi, la sentinelle donne
l'alarme, les habitants de la place s'élancent
sur l'intrus, qui n'a d'autre alternative que la
fuite ou la mort. Parmi les centaines de guêpes qui forment la population d'un nid, la
sentinelle, évidemment choisie avec soin, est
officiellement revêtue de ses fonctions. Comment s'opère ce choix ? Nous n'en savons

rien, il s'opère, voilà le fait : Les habitants
du fort connaissent leur sentinelle, s'en re-
mettent à elle du soin de garder les abords
de la place, sortent, rentrent, sans que jamais
la sentinelle se trompant, les signale comme
membre d'un nid étranger. Dites après cela
que les guêpes ne raisonnent pas!

Quant aux fourmis, les observations retrou-
vent chez elles des habitudes exactement pa-
reilles aux nôtres. Les fourmis ont des ar-
mées commandées par des officiers qui
donnent leurs ordres, exigent l'obéissance, et
ne permettent à aucun soldat de sortir des
rangs.

Il y a des fourmis qui labourent le sol,
y sèment leur grain préféré, le récoltent une
fois mûr et le transportent dans leurs gre-
niers souterrains. D'autres, chasseurs d'es-
claves aussi acharnés que les plus terribles
chasseurs de nègres, tombent sur des tribus
moins fortes, enlèvent les œufs et les font
éclore afin de perpétuer la race des Ilotes à
leur profit.

— Qu'est-ce que les Ilotes, papa?

— Les Ilotes étaient une population réduite en esclavage par les Spartiates. Ils accomplissaient tous les travaux agricoles, manuels et domestiques pour leurs vainqueurs qui, eux, s'occupaient uniquement du maniement des armes et de la défense de la patrie. Depuis lors, le nom d'Ilote est resté synonyme d'esclave, et tu vois, mon cher enfant, combien le rapprochement est exact.

Certaines fourmis enterrent leurs morts. Le fait a été découvert par une dame qui, après avoir détruit nombre de ces insectes, en avait jeté les restes sur le sol. Une fourmi rencontre les corps morts de ses compagnes, les examine, s'en revient bientôt accompagnée d'autres fourmis qui, toutes, se dirigent vers les cadavres de leurs sœurs.

Deux fourmis soulevaient un corps, deux autres — porteurs de rechange — suivaient le reste de la bande, deux cents fourmis environ observant le même ordre, venaient après. Le cortége se dirigea vers un monticule de sable ; les porteurs déposèrent leurs fardeaux, les autres fourmis se mirent à creuser des trous, et l'on plaça un cadavre dans chaque fosse, qu'on recouvrit avec soin. Cinq ou six fourmis avaient refusé de prendre part à la besogne; aussitôt les autres se précipitent sur elles, les tuent, creusent une grande fosse, et y jettent ignominieusement les rebelles.

Et maintenant, mes chers enfants, si je vous ai montré l'intelligence successivement chez tous les animaux, c'est afin de vous enseigner à être bons pour eux.

En les traitant avec justice et avec bonté, nous développons chez eux la raison et les bonnes qualités, comme on les développe chez vous, enfants, par l'éducation, et on en obtient ainsi de bons et loyaux services

— Tandis qu'en les maltraitant on les rend malheureux, méchants, sauvages, interrompit le petit garçon.

— L'homme s'intitule le roi de la création. Que fait-on des rois qui ne remplissent pas leurs devoirs?

— Je ne sais pas, dit Lucie.

— On les chasse, dit Valery.

— Eh bien ! dit le papa, en riant, faisons en sorte de ne pas nous faire chasser.

FIN.

LIMOGES. — Imp. E. Ardant et Cie.

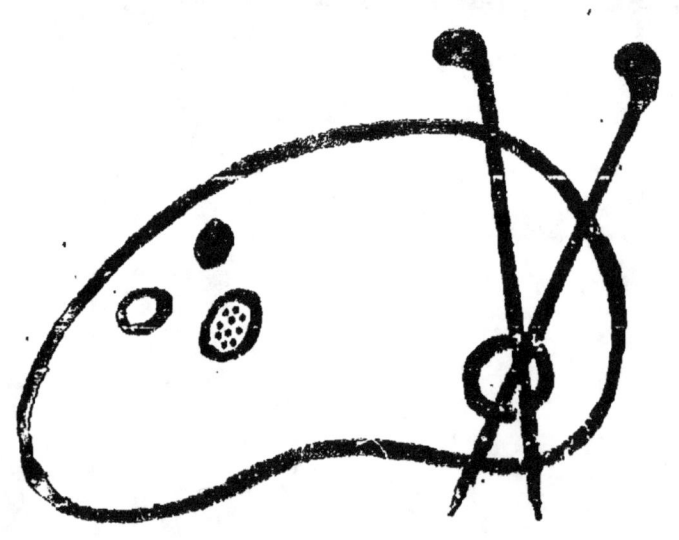

PROMENADES

A TRAVERS

LE JAPON

LA VENGEANCE DU BONZE

PAR EUGÈNE BARBE

www.ingramcontent.com/pod-product-compliance
Lightning Source LLC
Chambersburg PA
CBHW070823260626
47161CB00006B/2386